PRIM

Seconda ristampa, febbraio 2019

ISBN 978-88-6714-608-6

www.edizioniel.com

COLLANA PRIME PAGINE

5 LA NUVOLA OLGA, di Nicoletta Costa
12 L'ALBERO VANITOSO, di Nicoletta Costa
27 LA MUCCA MOKA, di Agostino Traini
60 L'ALBERO GIOVANNI, di Nicoletta Costa
66 IL PETTIROSSO PIPPO E IL MERLO, di Altan
80 IL SIGNOR AQUILONE SOTTO LA PIOGGIA, di Nicoletta Costa
86 BUONANOTTE, PACIFICO!, di Silvia Vignale
92 LA LUNA GIOVANNA GIOCA AGLI INDIANI, di Nicoletta Costa
94 CONIGLIETTO VA DAL NONNO, di Altan
100 LA NUVOLA OLGA E IL VENTO, di Nicoletta Costa
109 PIPPO PETTIROSSO E LA FARFALLA, di Altan
111 FILIPPO E GELSOMINA E LA GARA DI CORSA, di Raffaella Bolaffio
115 LA MUCCA MOKA E LA SCUOLA DI GELATO, di Agostino Traini
117 CONIGLIETTO GIOCA A PALLA, di Altan
119 LA NUVOLA OLGA E LA MONTAGNA, di Nicoletta Costa
120 MUCCA MOKA CONTADINA, di Agostino Traini
121 LA NUVOLA OLGA E LO SCOIATTOLO, di Nicoletta Costa
122 LA MUCCA MOKA FA IL BURRO, di Agostino Traini
125 FILIPPO E GELSOMINA E IL TEMPORALE, di Raffaella Bolaffio
128 *Paolo Nord*, di Agostino Traini — in corsivo!
129 *Filippo pesciolino fa gli scherzi*, di Nicoletta Costa — in corsivo!
130 LA GALLINA GIACOMINA, di Nicoletta Costa
131 *Albertina esploratrice*, di Altan — in corsivo!
135 *La scimmietta Zazì*, di Benedetta Giaufret / Enrica Rusinà — in corsivo!
137 LA NUVOLA OLGA E LO SPAVENTAPASSERI, di Nicoletta Costa
141 *Filippo pesciolino e la stella marina*, di Nicoletta Costa — in corsivo!

AIUTA UGO A RAGGIUNGERE OLGA.

TRA QUESTI DUE DISEGNI.

TROVA LE OTTO DIFFERENZE

UNO DI QUESTI PERSONAGGI NON C'È NELLA STORIA.
QUAL È?

STORIE DI GATTI
STORIE DI FARFALLE
STORIE DI NUVOLE
STORIE DI CAVALLI

QUALE DI QUESTI È IL LIBRO DI LUCIA?

...E ADESSO GIOCHIAMO

LUCIA MANGIA I BISCOTTI DELLA MAMMA PER COLAZIONE.

I BISCOTTI DELLA MAMMA SONO BUONI, MA QUELLI DELLA LUNA SONO SPECIALI!

È MATTINA.

IL SOLE SI AFFACCIA ALLA FINESTRA.

LUCIA DORME.

OLGA E GLI UCCELLI NIVES PORTANO A CASA LUCIA.

LO SPETTACOLO È FINITO.

TUTTI SONO MOLTO
STANCHI.

LA LUNA È UNA
BALLERINA
FANTASTICA.

IL PUBBLICO
APPLAUDE.

GLI UCCELLI NIVES
CANTANO LA
MUSICA.

LA LUNA BALLA
SULLE PUNTE,
LEGGERA COME
UNA PIUMA.

LA LUNA HA IMPARATO
A BALLARE.

LA LUNA FARÀ UNO
SPETTACOLO.

ARRIVANO ANCHE GLI
UCCELLI NIVES.

LA LUNA HA PREPARATO
UNA SORPRESA...

LA LUNA HA FATTO I BISCOTTI.

I BISCOTTI SONO MOLTO BUONI!

luna
GIOVANNA

OLGA E LUCIA VANNO
A CASA DELLA LUNA
GIOVANNA.

OLGA E LUCIA VOLANO
NEL CIELO BLU.

STORIE
DI
GATTI

LA NUVOLA OLGA VA
A TROVARE LUCIA.

LA NUVOLA OLGA E LA LUNA BALLERINA

Nicoletta Costa

EMME EDIZIONI

142 *La Fatina Giulia*, di Francesca Carabelli in corsivo!
144 LA NUVOLA OLGA E LA NEBBIA, di Nicoletta Costa
145 MUCCA MOKA GONDOLIERA, di Agostino Traini
146 *Tea tartaruga*, di Francesco Zito in corsivo!
147 GIACOMINA E LA FESTA A SORPRESA, di Nicoletta Costa
148 IL MAESTRO LAPIS, di Agostino Traini
150 LA MUCCA MOKA FA IL PANE, di Agostino Traini
151 LA NUVOLA OLGA NON VUOLE DORMIRE, di Nicoletta Costa
153 LA MUCCA MOKA FA LA PIZZA, di Agostino Traini
154 LA NUVOLA OLGA VA ALLA FESTA, di Nicoletta Costa
155 VIOLETTA E L'UCCELLINO, di Mirella Mariani
156 IL PULCINO PAOLINO VUOLE VOLARE, di Nicoletta Costa
157 MUCCA MOKA GUARDIA FORESTALE, di Agostino Traini
158 LA NUVOLA OLGA E GLI UCCELLINI, di Nicoletta Costa
159 MUCCA MOKA MURATORE, di Agostino Traini
160 L'ALBERO VANITOSO E IL NIDO, di Nicoletta Costa
161 MUCCA MOKA A SCUOLA DI CUCINA, di Agostino Traini
162 PIPPO E LE COSETTE ROSSE, di Altan
163 LA NUVOLA OLGA E LA LUNA BALLERINA, di Nicoletta Costa
164 MUCCA MOKA E LA MARMELLATA DI MIRTILLI, di Agostino Traini
165 IL SOGNO DELL'ALBERO VANITOSO, di Nicoletta Costa
166 LA MUCCA MOKA FA UNA CROSTATA, di Agostino Traini
167 LA NUVOLA OLGA E IL GATTO, di Nicoletta Costa
168 PIPPO PETTIROSSO E I SUOI AMICI, di Altan
169 DIEGO IL DINOSAURO, di Raffaella Bolaffio

Finito di stampare nel mese di gennaio 2019
per conto delle Edizioni **EL**
presso Elcograf S.p.A., Verona